Sarah Kirsch   Ich Crusoe

W0386963

Sarah Kirsch   Ich Crusoe

Sechzig Gedichte und sechs Aquarelle

Mit einem Vorwort von Joachim Kaiser

und einem Nachwort von Karin von Maur

Deutsche Verlags-Anstalt   Stuttgart

Dieses Buch ist eine gemeinsame Produktion
der Deutschen Verlags-Anstalt und des Verlages Langewiesche-Brandt
zum 60. Geburtstag der Autorin am 16. April 1995.

Von diesem Werk gibt es eine limitierte und numerierte Vorzugsausgabe
mit einem signierten, achtfarbigen Lichtdruck des Aquarells *Meerfahrt*
von Sarah Kirsch.

Sarah Kirschs Gedichte

Gelassen zumeist, aber nach Kräften unversöhnlich, witzig manchmal, doch auch prosaisch karg, wundergläubig und tapfer verzweifelt abwiegelnd: so vermag Sarah Kirsch zu dichten über letzte wie nächste Dinge. Iris Paetzke, ihre Lektorin in der Deutschen Verlags-Anstalt, hat mit Billigung und Hilfe der Autorin die entsagungsreiche Arbeit auf sich genommen, aus einem umfangreichen lyrischen Werk die hier vereinten sechzig »Ich Crusoe«-Texte auszuwählen. Die letzten fünf Gedichte dieser Anthologie sind bisher unveröffentlicht.

Bei einem lyrischen Gesamtwerk wie dem von Sarah Kirsch heißt auswählen vor allem: auslassen. Und das kann mühselig werden bis zum Zähneknirschen. Wer (wie auch der Autor dieses Vorwortes) irgendwann einmal von Sarah Kirschs Kunst getroffen wurde, der reagiert nicht mehr vernünftig abwägend, wenn es um ihre Gedichte geht, um ihren »Ton«, der soviel verrät von unserer Lyrikerin Befindlichkeit und Seele, aber weit mehr noch über unsere Zeit und Welt. Die Beziehung zu Gedichten hat mit allem möglichen zu tun: also mit Geschmack und Neugier, mit einem Eskapismus-Bedürfnis, dessen man sich wahrscheinlich schämen müßte, auch mit der Sehnsucht nach Kürze, Kunst, Form und Vollendung. Vor allem aber spielt etwas Erotisches mit. Und zwar etwa so, wie man von einem Musikstück in einer ganz bestimmten Schallplatten-Interpretation besessen sein kann. Führt man diese Interpretation werbend einem Freund vor, woraufhin der unbeeindruckt nörgelt: »Mich überzeugt diese Lipatti-Aufnahme nicht, und von Mozart gibt es auch Besseres« – dann reagiert man keineswegs »tolerant«! Sondern verletzt, tiefgekränkt, betroffen. Und stellt sich verstohlen die irre Frage, ob der Lipatti diesmal nicht womöglich wirklich matter gespielt habe in seinem CD-Gefängnis. Nur Übermenschen räumen sogleich souverän lächelnd ein, Geschmäcker seien halt verschieden. Bei einer Lyrik-Anthologie passiert etwas Ähnliches. Nur Unbetroffene, nur

»neutrale« Kenner geben liberal und achselzuckend zu, daß unvermeidlich manches Schöne fehlen muß, wenn in einem Geburtstagsbändchen vielhundert um Einlaß bettelnde Gedichte auf ganze sechzig in dieser Anthologie Überlebende reduziert erscheinen.

Jedem Sarah-Suchtkranken fehlt hier bestimmt mindestens ein, sein, heißgeliebtes und affektbesetztes lyrisches Gedicht. (Warum, so frage beispielsweise ich eine ungerechte Sekunde, geht denn hier nicht der Mond verstohlen wieder auf, sind wir nicht »Bei den weißen Stiefmütterchen«, wird keine »Nachricht aus Lesbos« mitgeteilt?) Aber dann siegt die Einsicht, die Vernunft, die Neugier, die Lese-, die Lyriklust. Und man betritt das »Ich Crusoe«-Eiland, um es zu vermessen.

Erster, allgemeiner Eindruck: Da wird zunächst viel über Liebe gesungen und gesagt, munter glücklich behauptet, und später tapfer ein wenig zurückgenommen. Herz und Stolz ganz zu zerschmettern, das gelingt dieser grausig elementaren, rückgrat-zerbrechenden Affektmacht im Falle der Füchsin Sarah Kirsch freilich doch nicht. Auch von Jahreszeiten ist die lyrische Rede, von Reisen, nördlichem Spuk, Städtischem, später immer mehr Bäurisch-Ländlich-Spökenkiekerischem. Die herbe Erfahrung des Älter-Werdens, die grimmerzeugende Einsicht in wahnsinnsnahe, wider-natürliche ökologische Selbstzerstörung: auf alles das reagiert unsere Autorin weder nostalgisch noch sentimental. Sie äußert Fassungslosigkeit gefaßt. Der Gedanke an Selbstmord scheint ihr immer noch näher als Selbstmitleid.

Solche allgemeinen Feststellungen sind aber ungefähr so triftig wie getragene »letzte Worte«, deren Sprecher, deren Hintergrund man nicht kennt. Was sagt uns ein »Ach«, wenn wir nicht wissen, daß es von Alkmene, ein »Mehr Licht«, wenn wir vergessen haben, daß es von Goethe kommt ... Unmittelbar kennzeichnend, unverwechselbar charakteristisch an Sarah Kirschs Lyrik, ihren »Ich Crusoe«-Gedichten, ist indessen die Art, wie hier zwei schwerlich direkt aufeinander beziehbare Elementar-Erfahrungen ausgesprochen werden. Nämlich zum einen ihr unaustilgbares Bedürfnis nach *Flucht.* Nach Freiheit. Nach Entfernung aus sich Verhärtendem, aus Umgarnendem, Stumpf-Machendem. Ihr Drang zum Neubeginn. Die andere Ur-Erfahrung von Sarah Kirsch wäre: Durch ein *Fenster* der Welt begegnen. Also: Behaust-Sein. Isoliert sein vom Draußen. Und dabei durch die Fensterscheibe wahrnehmen, wie es oder er oder sie erscheint: Ein Tier. Ein Unbekannter. Eine Herausforderung. Ein Engel.

Man soll das alles nicht gleich »interpretieren« wollen. Also der »Flucht« ein freiheitsseliges »Stirb und Werde«-Ethos als tiefen Sinn unterstellen. Oder dem Blick aus dem Fenster irgendeine Spiegel-Mystik beimengen. Glas als Symmetrie-Achse zwischen dem Zuhause und herandrängender Fremde …

Nehmen wir statt dessen einstweilen bescheiden zur Kenntnis: Bereits im ersten Gedicht dieses Bandes werden am Ende, ziemlich überraschend, Freiheit und Flucht beschworen. Die Situation der in einer Hängematte (»Im Baum«) Schaukelnden wirkte kaum irgendwie ernsthaft bedroht, beengt. Aber ganz eindeutig, als wäre es doch eine Art Galgen gewesen, fassen die Schlußzeilen zusammen: »rieche Apfelblüten weiß Häuser in meinem Rücken kann los / von Baum und Strick«. Dieses Resümee läßt alles, was vorher war, in neuer Perspektive erfühlen, begreifen …

Auch das nächste Gedicht, »Fahrt II«, gleichfalls aus (un)seligen DDR-Zeiten, beschwört Ferne und Freiheit mit der Kraft des Indirekten. Sarah Kirsch trauert dem mittlerweile verschiedenen Arbeiter- und Bauern-Staat, so freiheitskühl war und ist sie, durchaus weniger nach als manche, infolge der »Wende«, arg verbiesterte DDR-Literaten. Lakonisch und zwerchfell-erschütternd boshaft schrieb sie im Prosa-Band »Spreu«: »Die Autoren in der DDR würden meinen, sie stäken in einer Krise. Ach du schweiniges Vaterland du. Wie ist mein Zwerchfell erschüttert. Was es für ewige schlottrige Angsthasen doch sind«. Seinerzeit, also im Gedicht »Fahrt II«, hatte es scheinbar unverfänglich, im

Hinnehmen vorwurfsvoll, geheißen: »ich weiß und seh / keinen Weg der meinen schnaufenden Zug / durch den Draht führt«.

Was das Fliehen-Wollen betrifft: es muß gar nicht immer die »Freiheit« sein. Nach einem »Landaufenthalt« sinnierte die junge Literatin: »werde wohl bald / in meine Betonstadt zurückgehen hier ist man nicht auf der Welt«.

Manchmal verbirgt sich ihr Flucht-Drang, Flucht-Zwang in unauffälligen Kadenzen. »Bevor ich stürze, bin ich weiter«, heißt es am Ende von »Katzenkopfpflaster«. Ja, das Bewußtsein, unerträglich eingepfercht zu sein in Kategorien oder Koordinaten-Systeme, bewirkt in der Seele dieses dichtenden Ich sogar einmal Haß auf Frühling und Leben. »Ende Mai« schließt grimmig, wobei das merkwürdig armselige Adjektiv »unfroh« an Hölderlins gleichfalls eher dissimulierendes »unbequem« (»vor das Auge mir«) erinnert. Es heißt:

Unfroh seh ich des Laubs grüne Farbe, verneine
Bäume Büsche und niedere Pflanzen: ich will
Die Blätter abflattern sehen und bald. Wenn mein Leib
Meine nicht berechenbare Seele sich aus den Stäben
Der Längen- und Breitengrade endlich befreit hat.

So geht das weiter. Vom flucht-artigen »kurze Aufenthalte / Alles wieder zusammenpacken und fort« bis zum Fazit, das Sarah Kirsch, längst BRD-Bürgerin, in »Erlkönigs Tochter« zog:

Leicht

Gab nichts das mich
Aufhalten konnte kein Festland
Hat mich lange beschäftigt. Immer
Sprang ich auf das letzte
Fahrende Schiff im September.

Aber in rauher Empirie konnte und kann sie gewiß nicht so leicht weg wie ihr Lyrisches Ich das wohl möchte. Da geht es dieser deutschen Dichterin wie jenem Sohn des Bremer Kaufmanns Kreutzner, der nach Schiffbruch jahrzehntelang auf eine Insel gebannt war und es dort sogar dazu brachte, zur Symbol-Figur des produktiven europäischen Kolonialismus zu werden. (Kreutzner-Vater, nach England ausgewandert, nannte sich in York, weil es für die Briten verstehbarer war, Crusoe – sein Sohn Robinson ließ trotz mehrerer warnender Erfahrungen nicht von Abenteuern, bis er ziemlich allein in der Insel-Falle saß). Sarah Kirschs Titel-Gedicht »Crusoe« besingt den ermutigenden Charme der Einsamkeit. Mag ja sein. Aber ihre stets fluchtbereite Seele beneidet beim Drachensteigen das wegfliegende Spielzeug, als wäre es der »Fliegende Robert«. So vibriert die Spannung zwischen Bleiben und Fortfliegen im Gedicht »Der Rest des Fadens«:

Drachensteigen. Spiel
Für große Ebnen ohne Baum und Wasser. Im offenen Himmel
Steigt auf
Der Stern aus Papier, unhaltbar
Ins Licht gerissen, höher, aus allen Augen
und weiter, weiter

Uns gehört der Rest des Fadens, und daß wir dich kannten.

Sensibilisiert von den zahlreichen Beispielen elementarer Flucht-Poesie bei Sarah Kirsch – begreifen wir dieses Drachen-Gedicht als dramatischen Vorgang. Zuerst ist es nur ein Spiel. Eines, wo die Spielenden herrschen und beherrschen. Aber dann passiert in zwei Stufen folgendes: Das Spiel ist nicht mehr beherrschbar. Ebene und offener Himmel erweisen sich als zu groß (wie die zweite Gedicht-Zeile). Darum entfliegt der Drache unaufhaltsam aus aller Augen. Indem er sich aber entfernt, bis ins Licht des Weltalls, verwandelt er sich: zum Stern. Ist also nicht mehr bloß sternförmiger Kinder-Drachen, sondern mehr: eine ins Licht gerissene »Idee«. Erhöht, verändert, verwandelt. Den Zurückgebliebenen gehört nur noch der Rest des Fadens, so wie dem Faust der Mantel von Helena. Was den Bleibenden blieb, ist der Stolz, diese entflogene, entschwundene Idee als aufsteigenden Kinderdrachen noch gekannt zu haben …

Auch das Geheimnis der »Fenster«-Gedichte hat zu tun mit dem Gegensatz zwischen Behaustem, Bleibendem – und Fernem, Anderem. Da fliegen Blätter in die Höhe – vorbei am Fenster einer Wohnung im 17. Hochhaus-Stockwerk, himmelwärts. Und kehren als verkohltes Seidenpapier zurück nach Hause zu ihrer Wohnung. (»Krähenbaum« heißt dieses Gedicht). Oder: Sturmgeschüttelte Bäume klopfen ans Fenster (Gedichttitel: »Dunkelheit«). Aufregender, beziehungsvoller, beklemmender führt das Gedicht »Ach Nacht« (der Text ist neu) eine gespenstische, eine nicht-geheure Blickbelagerung vor.

Ach Nacht

Aus der Dunkelheit starrt
Ein Gesicht durch die
Scheiben. Bettelt
Eingelassen zu
Werden. Es steht auch an
Anderen Fenstern. Selbst denen
Im ersten Stock. Einen
Zweiten gibts Gott
Sei Dank! nicht.

Wie plausibel, wie ärgerlich naheliegend (und gewiß nicht einmal völlig falsch) wäre es nun, diese elementaren Visionen und Situationen auf Sarah Kirschs Biographie zu beziehen. Die Unfreiheit, die Reise-

Erschwerungen in der DDR = unaustilgbarer Freiheits- und Flucht-Drang. Die winterliche Einsamkeit im bäurischen Dithmarschen Refugium = Fenster-Mystik. Man kann das hübsch logisch fortspinnen: Der Dichterin in ihrer ländlichen Klausur wird die Natur zum Gesprächspartner. Und die Riesen-Distanz, die sie so gern hätte zwischen sich und mancher belästigenden Realität, führt sogar dazu, daß bei ihr Unten mit Oben changiert. Welch anderer Lyriker hat so gern und so selbstverständlich wie Sarah Kirsch Oben und Unten vertauscht? Der »Kleine Prinz« geht auf Wolken, sieht die Erde über sich, grüßt die glitzernden Fenster seiner irdischen Wohnung, so wie er – früher, vor dem Perspektivenwechsel – den »Abendstern« begrüßt hatte. »Die Dämmerung« wiederum beschreibt auf dem Grund des Meeres lebende Menschen: »Über den Dächern sehn wir die Kiele / Englischer Kriegsschiffe ziehn«. In »Wintergarten I« imaginiert die Dichterin Kälte-Erstarrung in der Vision des Unter-dem-Eise-Liegens. Solche Visionen lassen sich durch Vor-Bilder, durch Analogie-Schlüsse und »Bildung« wahrlich nicht entzaubern; mag der »Kleine Prinz« auch an Leonce erinnern, die »Dämmerung« an Vineta, der »Wintergarten« an Schubert/Müllers »Winterreise«.

Ich empfinde eine seltsame Scheu, die Kunst der Sarah Kirsch auf »Begriffe« zu bringen. Bei den zahlreichen, oft trefflichen Essays, wie sie von Gerhard Wolf, Günter Kunert und so manchen respektgebietenden anderen Interpreten vorgelegt wurden – weiß Gott auch bei meinen eigenen Versuchen –, störte mich immer das Mißverhältnis zwischen den fabelhaft feinen, irgendwie doch aufgeplusterten und unanfechtbaren Formeln der »Deuter« und Sarah Kirschs zurückhaltender Kunst. Dabei ist sie keine »hehre« Poetin, an deren Götter-Töne arme Germanisten oder Literaten nicht rühren dürfen. Sie ist auch (hat sich selbst dagegen gewehrt) schwerlich eine heilige Droste. Oder eine vornehme wienerische Expressionistin mit der Tendenz zu Schönberg und Freud – wie es die unvergleichliche Ingeborg Bachmann war.

Liebevoll interpretierende Wichtigtuerei wirkt bei Sarah Kirsch darum so grausig unangemessen, weil ihre Eigentümlichkeit im »Abwiegeln« besteht! *Abwiegeln* – das heißt überhaupt nicht: kritisch reden, brillant anti-affirmativ formulieren oder gar, sich beim hämisch zerstörerischen Debunking befriedigen. Nein, Sarah Kirsch wiegelt ab, indem sie das derbere, das lustigere, oder das ein wenig verkleinernde Wort wählt – statt des womöglich gebotenen, besonders gewichtigen, vornehm-schicksalhaften Ausdrucks. Wie spielt sich bei ihr das Weltende ab? ... »und mein Maul / Lacht wenn alles zerbricht.« Die eitelsouveräne Redensart, »das steht auf einem anderen Blatt«, wird bei ihr zum abwiegelnden und wunderbaren Kalauer für Liebe: »die Vögel baun Nester wir / stehn auf demselben Blatt«. Ihrem keineswegs kleinmütigen, kleinbürgerlichen, verklemmt-bescheidenen, sondern schwebenden Parlando imponieren weder (immerhin) fünfzehn »Verflossene« – »schwache Erinnerung / An fünfzehn vergessene Männer und lediglich / Die entsprechenden Landschaften sind im / Gedächtnis« – noch der Tod! »Es wäre / Möglich gewesen dem eigenen Tödchen itzt zu / Begegnen das sich auswachsen wird in diesem / Ergiebigen Landstrich ...« (»Erdenliebe«).

Eine derartige abwiegelnde Kraft produziert glücklicherweise auch immer wieder Witz. »Die Geheimpolizisten bewachen Geheimpolizisten«. Das klingt leichthin. Erweist sich aber heute als gesellschaftskritisches Resümee dessen, was eigentlich in der DDR los war und woran sie zugrunde ging. »Die Sicherheit war mit von der Partie«. In Sarah Kirschs Gedichten ist von alledem eher belästigt die Rede als moralisierend. Späten Gratismut hat sie nicht nötig. Lyrik erschöpft sich für sie nicht in Parteilichkeit, Rechthaberei, Triumphieren, auch wenn man noch so viel kondensierte Zeitgeschichte und auch Autobiographisches aus ihrem Werk herauslesen kann.

Wer nach Handfestem, nach Stofflichem Ausschau hält, der sieht nur die Fakten, die Inhalte. Und übersieht, überhört, was diese Texte eigentlich »haltbar« macht. Nämlich ihre Musik. Ihr Kunstgeheimnis. Es ist ein Abenteuer, dem auf die Spur zu kommen. Zum Beispiel in »Die Heide«.

Die Sonne blendete mich ich ging
Auf irischer Heide
Schnepfenvögel eilige klappernde Flügel
Trugen Herzklopfen ein
Birken schlugen mir grob auf den Rücken
Von weitem hörte ich
Äxte stürzende Bäume
Eine Zeitung die ich nicht lesen konnte
Trieb im Wind, aus den Dünen
Kamen Gestalten mit lichten Haaren
Augen wie Sterne schwebenden Füßen
Wie sie in alten Büchern
Beschrieben werden schossen sich nieder.

Was für eine Dramaturgie! Der Spaziergang fängt an mit einer Sequenz negativer Eindrücke. Das lyrische Ich wird (erstens) geblendet. Heftiges Flügelgeklapper verschafft der Dichterin (zweitens) Herzklopfen. Birken schlagen sie (drittens) grob. Sie hört (viertens) Unangenehmes (Äxte, die Bäume fällen). Eine für sie unlesbare Tageszeitung (fünftens) treibt im Wind; ja auch kein bezaubernder Anblick.

So stellt sich die Gegenwart dar. Nun aber strömt die Vergangenheit in diese auf fünffache Weise als mißlich, als unschön vorgeführte Heide-Szenerie. Sogleich ändert sich der Ton ins Positive, Verklärende. Gestalten mit »lichten Haaren«, Augen »wie Sternen«, »schwebenden Füßen«. In jeder Weise edle Figuren also, nicht wahr, keineswegs wie aus scheußlich herumfliegenden Tageszeitungen, sondern doch wie aus »alten Büchern«. Eine konsequente Sympathie-Lenkung. Erhabene Vergangenheit gegen häßliche Gegenwart. Und dann die ungeheuerliche Schlußpointe: wie die strahlenden Heroen aus edleren Zeiten miteinander umgingen. (»Schossen sich nieder«). Bürgerliche Neuzeit hat halt auch etwas für sich …

Wozu im »Heide«-Gedicht die subtile Folge negativ und positiv besetzter Adjektive oder Verhaltensweisen nötig war, das schafft im Gedicht »Das Dorf« ein einziger Buchstabe. Nämlich die ebenso unauffällige wie wirksame Magie des »m«! Selbst mit direkter Lautmalerei hat das nichts zu tun. Wie tönt denn Stille? Aber so, wie in der ersten Strophe das summende »m« eingesetzt ist, verwandelt die Kunst der Dichterin es ganz offenkundig in ein Echo von Schweigen. Oder übertreibe ich hermeneutisch?

> Am Abend war die Stille vollkommen
> Die Grillen verstummten in ihren Löchern
> Auf dem Hügel die Eiche
> stand schwarz vor lackrotem Himmel.

Mehr an lyrischem Gehalt können Einbildungskraft und Sprachmeisterschaft schwerlich bieten. Hier grenzt Sarah Kirschs wahrlich unnaive Wortkunst an Musik. Und immer noch bleibt die Tendenz zum Abwiegeln, zum Schwebenden. Sie tritt nur dann um der Sache willen zurück, wenn Sarah Kirsch ein Prometheus-Gedicht – »Die Verdammung« – riskiert, wo sie gemessen-pathetisch an Rilke und Kafka anknüpft. Eine Koppelung, über die man nicht allzusehr staunen sollte, beide kamen ja aus Prag. … Auch mit Beckett nimmt Sarah Kirsch es auf. Das Gedicht »Reglos« beschwört im Kirsch-Ton jenen grimmigen Fatalismus, der es den Beckett-Helden nahelegt, auf die Provokationen finsterer Mächte endlich nur mehr stoisch tatenlos zu reagieren (»Er rührt sich nicht«). In Sarah Kirschs »Reglos«-Gedicht heißt es am Schluß:

Wir können uns nicht erinnern was
Alles geschah das ausgelöschte Bewußtsein
Menschenleer gedankenlos kein Licht
Kein Schatten gepunktete Bilder und nur
Die Kraft sich nicht zu bewegen.

Näher darf wohl niemand an die absurde Hölle Beckettscher Endspiel-Szenarien (»Nenn das Unglück nicht beim Namen«) heran – ohne zum Beckett-Epigonen zu werden. Man muß schon die Eskimo-Kraft der Sarah Kirsch, ihre Sprach-Potenz und ihren »Takt« besitzen, um auch in solchen Bezirken kämpfen zu können, ohne (sich) zu verlieren.

Um so beklemmender wirkt im Gedicht »Die Ebene« (erstmals in »Schneewärme« veröffentlicht, 1989) ein realer Bezug zu Brecht – und zugleich die verzweifelte Kündigung des Brechtschen Welt-Vertrauens. Im Krankenhaus, nicht lange vor seinem Tod, hatte Brecht beim Anhören des Vogelgesangs plötzlich und tröstlich empfunden, daß eben dieses natürliche Tönen auch weiter sein werde, ohne ihn.

Sarah Kirsch, damals wohl um die fünfzig, empfand anders. Auch sie erwog den Tod. Aber dem »Dauern« der Erde mochte sie nicht mehr trauen. Ihr Gedicht »Die Ebene« endet bang.

Wie gelassen wäre der Abschied
Könnten wir in leichter Gewißheit
Daß diese Erde lange noch
Dauert gerne doch gehn

Wieviel Wahrheit. Wieviel Schönheit!

Natürlich ahne ich, was vernünftige Leser bei der Lektüre dieses Vorworts ein bißchen denken dürften. Wenn die Kirsch sechzig wird, wenn der Verlag einen huldigenden »Geburtstagsband« herausbringt, wenn der Kaiser dazu ein Vorwort beisteuern darf (so werden kritische Leser begreiflicherweise argwöhnen), dann kann das wohl wirklich nicht der Ort ausgewogenen Urteilens sein. Zum runden Geburtstag, bei der Laudatio oder beim Nachruf schweigen die Waffen. Aber nicht die Jubelchöre.

Als Antwort auf besagte Leser-Skepsis erlaube ich mir jetzt ein Selbst-Zitat. Am 3. Mai 1989, als kein Kirsch-Geburtstag zu feiern, sondern in der »Süddeutschen Zeitung« ein neuerschienener Gedichtband der Autorin zu besprechen war, schloß ich meine Rezension folgendermaßen: *So dichtet sie dahin in einer Welt, die für sie zu bestehen scheint aus vorindustrieller, bäurischer Einsamkeit – und Literatur, auf die immer wieder angespielt wird. Was Politiker und Großstädter »Realität« nennen oder »Sachzwang« oder »Industrie«, kommt nicht wirklich vor oder nur als vage mißbilligter Fortschritt. Dafür bleiben, immer wieder neu erlebt, Sonne und Mond, Saat und Ernte, Sommer und Winter, Tag und Nacht. Nah den Elementen sieht Sarah Kirsch sich, mit zugleich anarchischer und archaischer Bravour, oft als Füchsin, Wölfin, Krähe. Heiter und selbstbewußt setzt sie ihre Worte, panisch und gleichgültig, sorglos und apokalyptisch, spökenkiekerisch und verhalten. Sie ist die Größte.*

Joachim Kaiser

Die Bucht

e2

Im Baum

Ich hänge zwischen Stricken im Baum
die Füße berühren die Erde nicht, die Arme
liegen mir an ich pendle unter der Linde
es knarrt der Ast, ich auf der Schaukel
bin leicht daß sie hält doch zu schwer
bis in die Blätter zu kommen den Vögeln ins Nest
da häng ich ich halt mich, unter den Füßen
spärliches Gras, zu meinen Augen der See
und die Sonne, weils schwingt, springt
blattwärts erreicht meinen Finger
der See mit blauschwarzem Buckel
rollt sacht ans Ufer zerplatzt
es sieht ein schweinsäugig Tier hervor, sagt
ich bin der See von Anbeginn
wohn in mir selbst laß Boote sinken
Spielplatz der Algen Fischschaukel ich, doch eh
die Rede noch vollendet war
klatscht die Welle vom Ufer zurück, der See
ist glatt sein Tier
hats nie gegeben, ich schaukle
erreiche die Blätter das Gras, häng in der Linde
strecke die Füße bin
zwischen zwei Stricken auf einem Holz, sehe
zwei Ufer meins und das andere
rieche Apfelblüten weiß Häuser in meinem Rücken kann los
von Baum und Strick

Fahrt II

1
Aber am liebsten fahre ich Eisenbahn
durch mein kleines wärmendes Land
in allen Jahreszeiten: der Winter
wirft Hasenspuren vergessne Kohlplantagen
durchs Fenster, ich seh die Säume der kahlen Bäume
zarte Linie ums Geäst sie fahren heran
drehn sich verlassen mich wieder

2
Im Frühjahr schreitet der Fasan vorbei
seine goldenen Löwenzahnfedern
machen ihn kostbar ich fürchte für ihn
schon ist er verschwunden, zerbrochne Erde
liegt schamlos am Bahndamm aber
beim Schrankenhäuschen wird sie geebnet
von Stiefmütterchen Pfingstrosenbüschen und Veilchen
ich seh schon den Sommer, da
wird das geflügelte Rad rotgestrichen
der Schrankenwärter legt aus Steinen
den Reisenden gute Wünsche

3

Arme Erde rußschwarz und mehlig
schöne Gegenfarbe von Schwertlilien, die blau
und mit seidig geäderten Blüten
in letzter Sonne stehn, das geht vorbei
neue Bilder drehn sich der Zug ist so langsam
daß ich die Pflanzen benennen kann
jetzt die Robinien Weißes und Grünes Duft
oder liegt auf den Pfennigblättern
Geriesel vom Kalkwerk

4

Die Fahrt wird schneller dem Rand meines Lands zu
ich komme dem Meer entgegen den Bergen oder
nur ritzendem Draht der durch Wald zieht, dahinter
sprechen die Menschen wohl meine Sprache, kennen
die Klagen des Gryphius wie ich
haben die gleichen Bilder im Fernsehgerät
doch die Worte
die sie hörn die sie lesen, die gleichen Bilder
werden den meinen entgegen sein, ich weiß und seh
keinen Weg der meinen schnaufenden Zug
durch den Draht führt
ganz vorn die blaue Diesellok

Landaufenthalt

Morgens füttere ich den Schwan abends die Katzen dazwischen
gehe ich über das Gras passiere die verkommenen Obstplantagen
hier wachsen Birnbäume in rostigen Öfen, Pfirsichbäume
fallen ins Kraut, die Zäune haben sich lange ergeben, Eisen und Holz
alles verfault und der Wald
umarmt den Garten in einer
Fliederhecke

Da stehe ich dicht vor den Büschen mit nassen Füßen
es hat lange geregnet, und sehe die tintenblauen Dolden, der Himmel
ist scheckig wie Löschpapier
mich schwindelt vor Farbe und Duft doch die Bienen
bleiben im Stock selbst die aufgesperrten Mäuler der Nesselblüten
ziehn sie nicht her, vielleicht
ist die Königin
heute morgen plötzlich gestorben
die Eichen

brüten Gallwespen, dicke rosa Kugeln platzen wohl bald
ich würde die Bäume gerne erleichtern doch der Äpfelchen
sind es zu viel sie erreichen mühlos die Kronen auch faßt
Klebkraut mich an, ich unterscheide Simsen und Seggen so viel Natur

die Vögel und schwarzen Schnecken dazu überall Gras Gras das
die Füße mir feuchtet fettgrün es verschwendet sich
noch auf dem Schuttberg verbirgt es Glas wächst in aufgebrochne Matratzen ich rette mich
auf den künstlichen Schlackeweg und werde wohl bald
in meine Betonstadt zurückgehen hier ist man nicht auf der Welt
der Frühling in seiner maßlosen Gier macht nicht halt, verstopft
Augen und Ohren mit Gras die Zeitungen sind leer
eh sie hier ankommen der Wald
hat all seine Blätter und weiß nichts vom Feuer

Eine Schlehe im Mund komme ich übers Feld

Eine Schlehe im Mund komme ich übers Feld
sie rollt auf der Zunge stößt Zähne an wenn ich geh
mein Kopf eine Schelle klappert und macht
einen traurigen Mund
                meiner mit einer Schlehe
deiner Sand schon und Kieselstein
ich drüber du drunter
Ebereschen blutrot samtrot liegts auf dem Weg
Drosseln freßt freßt
den Herbst lang euch Vogelfett an

2.9.66

Es war dieser merkwürdige Sommer

Es war dieser merkwürdige Sommer
tropische Gewittergüsse und Demonstrationen
fanden fast täglich statt, die Felder
lagen platt riesige Nester ich ging zwischen offenen Türen
in meiner Küche
waren Teller getürmt widerstrebend
wusch ich sie ab bösartige Reden
fremder Radiostationen im Ohr, besser
gefiel es mir draußen in diesem Stadtteil
liegen mehrere Wasserbecken vierundzwanzig Fontänen
eine kleine Wasserkunst, in anderen Städten
mögen die Brunnen gewaltiger sein sich drehen
und leuchten, die hier
hüpfen und kommen nicht recht vom Fleck, keine
weitverzweigten Bäume aus Glas eher Büsche
winzige Wasserherzen auf rußigen Straßen
es gab sie erst wenige Stunden, die Arbeiter
ebneten noch den Boden wo sie das Stadtnetz
angebohrt hatten Mädchen begannen Petunien zu pflanzen
für diesen Sommer der verregnet und halb gegangen war

Der kleine Prinz

Meine Augen verkehrten sich, daß ich die Erde
über mir sehe auf Wolken nun geh, wo
Richtungen sind, keine Wege, die Berge
hängen nach unten wie ihre Bäume
und die Vögel darin, aus den Häusern
fallen Kissen, beschriebnes Papier
ab und zu eine Drohung, die Menschen
gehn auf dem Kopf – diese Sicherheit
beängstigt, ich erreiche ihre Schornsteine nicht
grüße
das Glitzern meiner verlassenen Fenster
wie früher den Abendstern

Ich bin sehr sanft

Ich bin sehr sanft nenn
mich Kamille
meine Finger sind zärtlich baun
Kirchen in deiner Hand meine Nägel
Flügelschuppen von Engeln liebkosen ich bin
der Sommer der Herbst selbst der Winter im Frühling
möchte ich bei dir sein du
zeigst mir das Land wir gehn
von See zu See da braucht es
ein langes glückliches Leben
die Fische sind zwei
die Vögel baun Nester wir
stehn auf demselben Blatt

Anziehung

Nebel zieht auf, das Wetter schlägt um. Der Mond versammelt Wolken im Kreis. Das Eis auf dem See hat Risse und reibt sich. Komm über den See.

Moskauer Tag

Punkt zwölf wurden in Puschkins Rücken die Fontänen gezündet
Ich saß in der Sonne und rauchte und die Spatzen und Tauben
Und sonstigen Sing-Vögel die gerade gebadet hatten
Wurden in die Bäume geschossen. Neben mir ein Bauer im schwarzen Mantel
Las allen Ernstes lange Verse. Eine Großmutter kam
Über den Platz mit einem gebündelten Säugling. Die größeren Leute
Gingen und redeten und saßen und lasen und waren so zu Hause daß es mir auffiel:
Ich kannte nur mich und das war zu wenig. Saß da
Mit mir auf der Bank ich in der Mitte ich rechts von mir
Und links auch noch alles war frei und besetzt da beschloß ich
Mit mir nicht zu reden. Mir tat nichts weh ich wünschte dich nicht ich
Saß lediglich und die Sonne
Beschien mich wie eine x-beliebige Stadt Wiese Platane. Alle Fontänen
Waren sichtlich betrunken sie schwankten im Wind wie Fontänen.

"Azuro" 02

Rundreise

Mir war ich war
– Kurzer Rasen Schnurobst –
Auf einem englischen Parkplatz
Auf einer preußischen Postmeilensäule
Sitzend in blue jeans like a gipsy
Fingernägel maßlos lange keine Schere
Und alle Leute
Die ich seit Jahren nicht sehen konnte
Warn nicht mehr da nur ein Ersatzpferd
Ich trug eine Frisur diesen Tag
Wie ehmals Johann Sebastian
Ich war einfach würdig und es ging
Mir schon besser ich stieg ab
Am Rhein die Parfümfabrik sehen
Niemand da aber Gallonen
Voll schöner Düfte ich nahm ein Bad
Das vertrugen die Locken schlecht des-
Halb einen Hut nun wollte ich weinen:

Gar keine Menschen drei hatte ich immer gemocht
Nur dieses Pferd noch da zog ich
Lieber in den Dom orgelspielen
Die Luft kam elektrisch alles OK
Ein fester Gott ist eine Burg auch ich bin
Ein Schwede wie du – aber weiter wie
Du mußt irgendwo zu finden sein Herr Bellman
Ich seh im Norden die Wirtschaften durch
– Jawohl schläft hier inmitten der Glasgefäße
Hat WINSTON aber kein Feuer nur
Der Brotröster geht hier: he auf auf!
Ich die Welt braucht dich – machen wir Spaß
Brennen einem Wasser den Faden ab verdampfen
Dieses Verlagshaus hab Drops im Schuh
Später müssen wir einbrechen gehn
Sind darauf angewiesen mach dir nichts
Draus –

Katzenkopfpflaster

Man sieht es nicht, es liegt unterm Schnee. Der Schnee ist frisch und glänzt in der Sonne. Steinbuckel stoßen gegen die Sohlen. Der Fuß hat Halt, wenn er gleichzeitig auf zwei Steine trifft. Wäre ich auf der Straße mit dem Katzenkopfpflaster, ich begänne zu traben. Mein Haar schlägt die Flügel. Ich trage Schellen hinter den Ohren. Bevor ich stürze, bin ich weiter.

Landpost

Eine Blutbuche an einem Tage belaubt spät im Frühling.
Im Sommer die Wiese versengt
Leinenschuhe nicht weiß, Gummigeruch
Die Wiese blüht kniehoch, Schafgarbe Kümmel.
So schreib ich den Brief:
»Allerliebster! Als ich mich von Dir trennen wollte«
Auf der Straße die alten Frauen:
»Mein rechter Fuß ist größer geworden als der linke!«
»Bei mir auch.« – »Bei mir auch.«
»Als ich mich von Dir trennen wollte
Brach gleich ein Waldbrand aus.
In dem Holzhaus drückte einer die Fenster ein, stahl
Deine Schuhe. Ich bin vom Fahrrad gefallen.«
Morgen wasche ich meine Haare.
Der Wind legt sich.
Der letzte Autobus.
Meine Füße im Kartoffelfeld.
Der Mond, das weiße Ei.

Der Flug

Wir schwammen vertraulich im Häusermeer, tauchten
Durch Tunnel in Höfe, kein Platz für ein Sternbild
Ohne Deichsel der Wagen, da schwammen wir lieber
Hinter der Straßenbahn über der U-Bahn aufs Flachdach
Gut für die Liebe, wie Blasen die Seufzer der Menschen
Ich ließ dich: mir auf den Rücken, wir schwammen
Nun schneller, es wallten die Bäume, die Möwen
Auf den Balkonen, da standen sie, lachten und flochten
Dir nicht mir Federn ins Haar ins gestreckte
Unter den Schultern dein Griff, der Schornstein wärmte den Hintern
Schlugen die Fersen den Takt Irgendwem an die Scheiben
Die meinten Hagel, macht nur! sagte das Denkmal
Am Stadtrand die Parks übern Himmel wie Wolken, Gestirne
Fielen, kürzlich geprägte, uns in die Hände:
Zwanzig-Pfennig-Stücke. Du liebtest mich aufrecht
Und wie schlotterte ich als schließlich der Tag kam
Den auf dem Pflaster verbringen und schlafen, sonst hilft nichts
Verknotet wir beide. Passanten Autos und Flugzeuge
Schlugen, und Straßenbahn S-Bahn und U-Bahn
Bogen um uns. Ein Hauptwachtmeister vertrieb die
Kehrmaschine: du Roß! sagtest du zur Maschine

Schneehütte

Was vom Himmel fällt ist Vorrat genug
Hochhäuser sind Landhäuser
Obwohl mans nicht sieht, das Leben
Notgedrungen spielt sich diesen Winter
Unterm Schnee ab, kommuniziert
Zu den Läden und Schulen und U-Bahn-Stationen
Durch Röhren aus Schnee jeder Sechste verirrt sich

Verdammt! Wir haben Glück gehabt gerade in einem Bett
Als der Überfluß abkam wir hörten Musik, sonst
Hätten wir uns bis Frühjahr niemals gefunden
An Trennung ist nicht mehr zu denken
Dies Leben schafft keiner allein zu viel Niederschlag
Doch wir verlorn unsere Straße
Als wir Brot und einige Flaschen holten

Er schlug einen Raum vor uns auf wir entschieden
Uns für gotischen Stil, die Wölbung gelang die Möbel
Die Hütte alles aus einem Schnee hohe Bücherregale
Die Bücher auswechselbar, wir drucken sie selbst auf
Holzfreies Eis der Druckstock beheizt schon sind
Einige Klassiker fertig jetzt aber Pause die Uhren aufziehn

Und in den Schlafsack der Eskimohund uns auf den Füßen
Mitunter kullert übers blanke Parkett dann war
Die Bewegung zu groß, du laß das Feuer nicht ausgehn
Ich hoffe nur wir liegen nicht aufm See

Ende Mai

In ganz Europa ist jetzt das Gras da; überall
Grünen die Linden, manchenorts Nuß und Wacholder. Winde
Jagen viel Wolken fetzenweis über die Klingen
Der Faltengebirge. Durch erfundene Drähte
Über und unter der Erde geben die Menschen sich Nachricht.

Du schick die leichteste
Aller Tauben windförmig sie bringt
Ungeöffnete tagschnelle Briefe. Schatten
Unter den Augen; mein wüster Herzschlag.

Unfroh seh ich des Laubs grüne Farbe, verneine
Bäume Büsche und niedere Pflanzen: ich will
Die Blätter abflattern sehen und bald. Wenn mein Leib
Meine nicht berechenbare Seele sich aus den Stäben
Der Längen- und Breitengrade endlich befreit hat.

Das Fenster

Die vielen Himmel über
Sehr flachem Land! Im ersten
Fliegen die Elstern, im zweiten

Hochfahrende Wolken. Der dritte
Für Lerchen. Im vierten
Sah ich ein Flugzeug stehn.

Aus dem fünften funkelt der Stern.
Die toten Schmetterlinge auf den Dielen.
Bevor es zerfällt, verkauft man ein Haus.

Im Juni

Gott mit uns! Der Herr Pastor
Sah Rübezahl ähnlich und fuhr wie der Teufel.
Überholte die vornehmsten Wagen, indem er
Sich an die Stoßstangen hängte und wild übersprang.
Weißen Haares glaubte ich die Stadt zu erreichen, da begann
Die Gegend lieblich zu werden; manche Allee
Aus Linden Kastanien, ein und der andere Weiher
Zeigten sich her; die blaue Chaussee
Ward ein buckliges hüpfendes Schlänglein.
Wie leicht mir der Mut war. Ich grüßte ein schönes
Zwiefarbnes Pferd auf der Weide, mein Kind
Zählte an fünfhundert Bäume. Der Pastor
Sagte, was glauben bedeutet, so fuhrn wir
Hin auf die Insel, wo Caspar David
Einst in die Kreide gestiegen war. In grüner
Dann blauer Farbe lag nun das Meer
Mit Muscheln und zitterndem See-Stern zu Füßen.
Ich saß auf einem Wegstein und sah
Die dunkle, die weggleitende Sonne, dich
Auf der anderen Seite der Welt. Ich schlief
Und fror die ganze Nacht. Der Pastor aus Dranske
Las in der Schrift von Jakob und Rahel.

Die fuchsroten Felder

Die fuchsroten Felder
Haben Licht vom Abendstern.
Das Uhrenherz treibt seine Zeiger vor.
Pelargonien in bunten Töpfen
Ziehn Licht auf die Dielen, es flog
Ein dunkler Vogel übers Haus.

Das Dorf

Am Abend war die Stille vollkommen.
Die Grillen verstummten in ihren Löchern
Auf dem Hügel die Eiche
Stand schwarz vor lackrotem Himmel.

Da kam ich ins Dorf aus dem Moor.
Ging übers glänzende Stoppelfeld
Stern und Steine leuchteten hell
In den Häusern flammte das Licht auf.

Zermahlener Staub auf der Straße.
Knöterich unter den Füßen
Reichte von Tür zu Tür, ein Sommertagteppich.

Tucholsky-Straße

Aus meiner steinreichen Gegend
In dieses schwindsüchtige Viertel.
Kleine Fleischerläden, vorher
Chamisso, das steinige Lockenbild.
In Evas Küche Töpfe auf dem Klavier.
Offene Bilder und geschlossene Wände. Grün
Wucherts aus platzenden Blumenvasen
Allerhand Hexenkraut
Rab von der Decke.
Wär ich die Malerin, ich malte
Meinen Geliebten erstmal als Einhorn
Und abermals unter blühenden Bäumen
Leibhaft wie er herkommt
Zweige aus allen Gliedern

Raubvogel

Raubvogel süß ist die Luft
So kreiste ich nie über Menschen und Bäumen
So stürz ich nicht noch einmal durch die Sonne
Und zieh was ich raubte ins Licht
Und flieg davon durch den Sommer!

Krähenbaum

Irgendwo hinter dem Hochhaus, ich wohne im siebzehnten Stock, wird tagüber ein großer kahler Baum stehen. Früh siebenuhrdreißig fliegen die Blätter an meinem Fenster vorüber, fallen und steigen in der Strömung zwischen den Häusern. Sie ähneln dem Laub des Ahorns oder dem der Platanen, aber ihre Flügel laden mehr aus, die Ränder sind aufgewölbt, die Farbe schwarz. Wenn das Heizwerk die ersten verschluckt hat, dauert es noch eine Stunde, bis der Himmel leer ist. Nachmittags fliegen sie zurück an den Baum. Federleichtes verkohltes Seidenpapier. Ein Bogen Dunkelheit setzt sich zusammen, Blattrand an Blattrand.

Der Rest des Fadens

Drachensteigen. Spiel
Für große Ebnen ohne Baum und Wasser. Im offenen Himmel
Steigt auf
Der Stern aus Papier, unhaltbar
Ins Licht gerissen, höher, aus allen Augen
Und weiter, weiter

Uns gehört der Rest des Fadens, und daß wir dich kannten.

Unsere Bäume

Finsteres Auge verwünschender Mund
Augenweide ich kenne mich nicht nur durch dich
Meine Augen niemals gesehn aber deine
Und die Farbe des Himmels
Wenn wir an der oder jener Ecke uns trennen
Ein Baum macht den Abschied leicht die Blätter
Gehn zugrunde und seine Wurzeln
Die Rinde bricht ab der Mauersegler
Kalt aufgewachsen fliegt durch die Bäume
Wir gehören ins Laub.

Jedes Blatt

Ich sage dir was ich sehe manchmal
Jedes Blatt einzeln am Baum oder
Aufm Kies kleine Sicheln oder wie das
Weitergeht mit mir: kurze Aufenthalte
Alles wieder zusammenpacken und fort

Landwege

Wir konnten uns nicht erinnern
An welcher Stelle das Wasser
Hin in den Untergrund ging und seit wann
Wir dieser Stromleitung folgten.
Die Blumen waren wohl lange verdorrt
Wie graue Esel lagen die Berge
Fünf Horizonte entfernt und wir rollten
In glitzernder bunter Luft
Auf einen irdenen endlosen Teller.

Bären

Niedergehende kleine Gebirge
Klopften unterm Tioga-Paß
Die einzelnen Bären raus aus den Höhlen
Sie standen still in der ernsten Luft
Kristallbeschlagen und wirklich verdrießlich
Der schwarze der eisgefesselte See
Ertrug unsern Fuß, viel stumme Vögel
Stoben aus den geköpften Tannen, die niedren Wolken
Gerieten so in Bewegung zerteilten sich Schnee
Fällt dir auf den Mund das weiße Gestöber
Will dich mir wegführn, und gleich.
Ich liebe dich komm ich bin doch
Inmitten der Bären ich rede wahrhaftig
Und wenn mir diese mächtigen Tiere
So durch den Kopf gehn
Müssen sie dagestanden haben
Anfang Dezember die Pfoten im Wind

"Aurora borealis" 02

Beginn der Zerstörung

Unbegehbar von Mooren umschlossen
Niemals hat ein Mensch ein vierfüßiges Tier
Diese verhexte lockende Wiese betreten
Die Rinde der schwarzen Bäume, Säulen
Des Himmels, berührt, die vielstimmigen Vögel
Auffahren sehen aus geschüttelten Blättern
Wunderschöne Vögel mit Hauben, Spechte
In sehr großer Menge, blaugefiederte Tauben
Und noch die Kühe, stumpfsinniges Vieh
Benachbarten Graslands versuchen mitunter
Den Saum zu erreichen, es heißt sie mißachten
Den eigenen Zaun und zerreißen
Sich Brust und Kopfschild versinken.
Die rostbraunen Wasser betrügerischen Moose
Werfen uns alle zurück. Wir sehen
Die Wiese vom Tau beglänzt Tag und Nacht
Ihre Blumen, die nie eine irdische Hand
Fällte, Sterne, weitverzweigte Halme
Schwebende Kronen, und sind
Von aller Freude abgeschnitten durch
Unser Wünschen, wir in gewöhnlichen
Kuhweiden stehend voll Sehnsucht.

Moorland

Erst springe ich über die Gräben
Die seidenen Unterröcke leuchten
Im rostbraunen Wasser der Wind
Bläst mich von Sode zu Sode im Kreis
Roter niedergeschlagener Gräser
Blasen steigen auf aus den Tümpeln
Grünfunkelndes Moos es keuchen
Die zerbrochenen sinkenden Erlen
Speckige Pilze Koboldkanzeln
Bedecken flatternde Maste
Wie Patronen glänzt der Kot wilder Tiere
Der blitzgespaltene kopflose Stamm
Stellt sich mir in den Weg
Mit ausgebreiteten flehenden Armen
Die Ratte die ehdem mein Gutsherr war
Läuft voran auf befestigten Boden.

Kleine Vergangenheit

Die Köpfe der mannshohen Spiräen
Sahen ins Fenster und leuchteten
In der kurzen Dunkelheit Ende Juni.
Hollunderlichter schwankten am Zaun
Die Schattenrisse der Hufeisennasen
Standen vorm ausgeblichenen Himmel.

Die Heide

Die Sonne blendete mich ich ging
Auf irischer Heide
Schnepfenvögel eilige klappernde Flügel
Trugen Herzklopfen ein
Birken schlugen mir grob auf den Rücken
Von weitem hörte ich
Äxte stürzende Bäume
Eine Zeitung die ich nicht lesen konnte
Trieb im Wind, aus den Dünen
Kamen Gestalten mit lichten Haaren
Augen wie Sterne schwebenden Füßen
Wie sie in alten Büchern
Beschrieben werden schossen sich nieder.

Die Dämmerung

Es ist dunkelgrün unter dem Regen
Den alten Gewölben der Eichen
Halshoch das ungeschnittene Gras
Die tiefen schleifenden Wolken
Treffen Menschen die auf dem Grund
Des Meeres in versunkenen Dörfern
Träumerisch umgehn und Hunde schweben
Durch ein widersinniges Dasein
Die schwarzen Algen der treibende Tang
Schwimmenden Vögel fliegenden Fische
Bringen viel Unruhe mit sich
Über den Dächern sehn wir die Kiele
Englischer Kriegsschiffe ziehn.

Querfeldein

Wir sprachen unterirdisch erst durch die
Heide Steingräber heulten im Wind dann
Mecklenburg Brandenburg durch und es war
Ein herrlicher Morgen Veilchenwolken
Über Chausseen hochfliegende Schwalben
Wir hörten die Kühe über den Kabeln
Unsere unvergeßlichen treuen Stimmen die
Kiebitze ordentlich schrein die Sicherheit
War mit von der Partie Elke sagte
Wie mühsam es ist Tag und Nacht
Ein Atemloch offen zu halten ich sah sie
Im lichtlosen Wald als es grenzenlos schneite
In durchgelaufenen Turnschuhen stehn.

Dunkelheit

Und wenn sich die Stimmen Schwester es
Brennt der Wildgänse nachts überschneiden
Geh ich von Fenster zu Fenster höre die
Sturmgeschüttelten Bäume
Anklopfen um abgefallene Blätter.

Reglos

Der Tag kommt an aus den Wäldern
Unsichtbar es schneit in die Grenzen
Von gestern und heute ich kann
Auf der Erde nichts unterscheiden
Alles ist ununterscheidbar und gleich
Die Spuren der Wölfe der Lämmer
Die erfrorenen Hasen deckt Schnee
Er legt sich auf umgeblasene Bäume
Die lebenden will er ersticken
Er läßt die Bäche verschwinden
Moore und Teiche Felder alles ist
Gleich tot und begraben im Dämmerlicht
Sinkender drehender Schnee die Augen
Verwirren sich schwarze Flocken
Asche fällt nicht steigt auf oder der Himmel
Läßt sich herab weil die Geschöpfe sich ducken
Atemlos reglos die Stille wesenlos mondlos
Es ist nicht hell und wird nicht dunkel
Niemand geht auf den Feldern die Felder
Totenfelder wachsen hirtenlos stündlich
Der Schneefall dauert lang wie mein Leben
Ich habe den Namen der Ortschaft vergessen
Und die Straßen aufgehobenen Plätze
Wir befinden uns kurz nach dem Frieden
Wir können uns nicht erinnern was
Alles geschah das ausgelöschte Bewußtsein
Menschenleer gedankenlos kein Licht
Kein Schatten gepunktete Bilder und nur
Die Kraft sich nicht zu bewegen.

Die Verdammung

Weil ihm zu sterben verwehrt war
Angekettet dem heimischen Felsen der Blick
Auf die ziehenden Wolken gerichtet und immer
Allein die Bilder im Kopf stimmlos
Vom Rufen Anrufen Verdammen
Das Leben fristen war nicht zu bedenken
Göttliche Hinterlist nährte ihn so gewöhnte
Er sich langsam ins Schicksal nach Jahren
Sah er den Adler gern wenn er nahte und sprach
Stotternd mit ihm bei der Verrichtung

Oder mit entzündeten Augen verrenktem Hals
Weil der Flügelschlag ausblieb die niederen Wälder
Aufschub ihm angedeihn ließen um Tage
Harrte er des einzigen Wesens und glaubte
In der Leere des Winds der glühenden Sonne
Wenn der Fittiche Dunkel fürn Augenblick
Erquickung schenkte geborgen zu sein
Liebte den Folterer dichtete Tugend ihm an

Als die Ketten zerfielen der Gott
Müde geworden an ihn noch zu denken
Der Adler weiterhin flog weil kein
Auftrag ihn innezuhalten erreichte
Gelang es ihm nicht sich erheben den
Furchtbaren Ort für immer verlassen
In alle Ewigkeit hält er am Mittag
Ausschau nach seinem Beschatter.

Wegelagerei

Dieses unvergeßliche Grün
Und ein falber Schein
Über die Erde geworfen ich geh
Durch die Sümpfe mein sanfter Hals
Stößt vor in ein anderes Leben.

Die Schwestern Brontë fahrn auf dem Fluß
Mit Hüten wie Eisentöpfe
Einer mähte am Ufer das Gras ab
Wirft den Brunnen an im
Zerfallenden Haus

Für Barttassen Brautlaken
Bäuerlich königliche
Nachtgeschirre das goldene Licht
Machte ihn närrisch bewegliche Schatten
Hochfahrender Wolken.

Landeinwärts

Lieber lieb ich den
Himmel die graue die schwarze
Luft als das faßbare Meer Gischt
Rosig vor Sonnenaufgang die Wellen
Traumhaft getürmt vor noch die Flut
Alles verschlingt viel Zeit
Für ne Abschweifung eingeschlossen
Verschiedene Aussicht die schöne
Grimmige Welt zum Küssen
Nah der Geliebte inmitten
Rollender Herden und später
Fliegen leichtfertige Bilder
Durch meinen Kopf prächtige Vögel
Sagen ins Ohr weshalb
Ich hier ging eine weiße
Springflut überm bröckelnden Haus
Die Fugen zierliche Schlangen
Bewegen sich und mein Maul
Lacht wenn alles zerbricht.

Chiropteren

Während die Taube ins Nest fällt
Mir meine Seele noch wärmt
Die Abgeschiedenen leis sich versammeln
Ihre Glieder verwerfen o Herre Gott
Klingt es aus zersprungnem Portale
Silberne Pfeifen schmatzende Zungen
Seufzen und schnarren heidnisches Zeug.
Flatternde Töne unterm Gewölbe
Ein gestrandet Schiff wohl brennende Kerzen
Verwesende Lilien viel vaterländisch
Weltliche Kreuze verblichne Naturen
Auf geringer Fahrt durch die Zeit
Dämmerung wahrgenommen schneeweiße
Kälte tief unter dem Lid.
Schweinegeschrei dringt vom Kirchhof
Die Unverständigen graben wie eh
Unter den Bäumen.

Die Flut

Ich bewege mich auf dem Knüppeldamm vorwärts.
Die Ruten der Purpurweiden begleiten mich lange
Eh sie zurückbleiben müssen mein Spiegelbild
Im offnen Wasser erscheint eilt schnell voran
Daß ich Mühe habe zu folgen es springt auf den Wellen
Begibt sich zu untergegangenen Bäumen oder
Ins zerborstne Gewölb zuletzt der Kapelle
Wo der zerschmetterte Schäfer aufgebahrt liegt.

Die Dörfer sind ausgestorben seit langer Zeit.
Moore haben trockengelegte Felder und Wiesen
Geduldig zurückgeholt ihren wabernden Körper
Weiter denn je in die Ebne geschlagen der schmale
Knüppeldamm ist das letzte geheime Zeichen ich sehe
Das falbe das unwirkliche Pferd über die schwefligen
Strudel jagen. Wie leer der Himmel nun
Über mir ist. Kein Stern keine Wolken und keine

Vogelschwinge im Lufthauch. Es ist als würde
Nichts existieren obgleich die Haare sich sträuben
Ich weiß nicht ob ich lebendig bin schwarze
Verlorenheit seltsames verzögertes Knistern
Während die Nägel flink wachsen als wär ich
Ein Leichnam. Eine hellgrüne Kugel geht ferne
Und schön am Horizont auf ich sehe ein neues
Gestirn über steigenden Wassern.

Die Flügel des Fensters

Überall Schatten für den der aus der
Zeit fiel. Dunkelheit zitternde Schatten
Noch unter den schlurfenden Zeigern der Uhren
Unter den Sohlen dessen der heimlich
Wolfsaugen zählt auf gewöhnlichen Plätzen
Dunkelheit hinter geschlossenen Lidern
Im Samowar auf weggegebenen Dingen welche
Im Antiquitätenladen ein Scheinleben führen.

Wenn es zu schneien beginnt und fremde Stiefel
Über die Stiegen poltern mit einem Klingklang
Eine Scheibe zerspringt öffnet mein Freund
Physikstudent im letzten Semester zu der Zeit
Noch halbwegs in Ordnung im Kopf die Flügel
Des Fensters über dem Antiquitätenladen Lili Brik
Spricht er hat lebenslänglich für Lili Brik
Schnee weht herein eine endlose Stille.

Draußen ist alles in Schlaf gesunken die staatlichen
Losverkäufer benachbarten Hunde Lindenalleen
Die schneebefallenen Schnapsbrüder am alten Arbat
Noch das Gewissen liegt scheintot in dieser Nacht
Und die eingefrorenen Enten im Park schreiben Runen
Mit pendelnden Köpfen in papierweißen Schnee.
Die Geheimpolizisten bewachen Geheimpolizisten.
Wir schließen das Fenster mit dem Sprung in der Scheibe.

Die Ebene

Meine geliebten
Tale lächeln mich an.

Die großen Bilder alltäglich
Deutliche Klarheit der Luft scharfe
Linien um Gräser und Wolken nachts
Der Teller des Monds auf dem Wasser
Die fliegenden Tiere der Erde
Schwere steigende Leiber die sanften
Hälse vertraulich dem Wind
Dargeboten wie soll ich
Müde werden es zu benennen
Bitternis sinkt allenthalben die Trauer
In unser Frohsein weggefegt
Wie die Blätter vom Baum die
Spielenden herbstlichen Mücken
Nach starkem Frost sind wir gleich
Eh noch der Atem uns ausgeht vernichtet
Wie gelassen wäre der Abschied
Könnten wir in leichter Gewißheit
Daß diese Erde lange noch
Dauert gerne doch gehn

Wintermusik

Bin einmal eine rote Füchsin ge-
Wesen mit hohen Sprüngen
Holte ich mir was ich wollte.

Grau bin ich jetzt grauer Regen.
Ich kam bis nach Grönland
In meinem Herzen.

An der Küste leuchtet ein Stein
Darauf steht: Keiner kehrt wieder.
Der Stein verkürzt mir das Leben.

Die vier Enden der Welt
Sind voller Leid. Liebe
Ist wie das Brechen des Rückgrats.

Luftspringerin

Auf und davon und beizeiten
Den Königen aus dem Blick ich die
Frau Lot bin wieder beweglich was eine
Menge Arbeit gemacht hat in der
Rückläufigen Luft: Etwas habe ich
Herzlich geliebt das hat mich
Fast übern Weltrand geblasen
Eu Gott vor die Hoffnung da ausblieb
Das Würgen mir endlich im Hals saß die
Angst vor immer derselben Suppe. Glaube

Liebe und Waterloo alles zu seiner
Eigenen Zeit Tee oder Kaffee Liberté
Für die hübschen weitschweifigen Flügel und
Abhängige Liebe nur noch zu Bäumen sehr
Heftige Liebe im Untergrund und auf
Ewig. Bis das Papierkontingent
Schwarz geschrieben ist Laika
Eine Art Engel die Luftspringerin
Mir in den Ohren liegt berühmteste
Hündin unseres Klug-
Heitsjahrhunderts.

"Jübi Cafe" 1991

Café Majestic

Gott sei Dank daß Steine nur
Steine sind unter bedeutenden
Palmen habe ich mir die Füße blutig
Gelaufen dennoch war ich recht glücklich
Wenn mir Camelienblumen Mandarinen
Ein und die andere Zitrone Callafelder
Natürlich anheimgestellt wurden.
Traf manchen Entdecker Heinrich
Weltumsegler andere Hakennasen da an
Dunkele Möwen riskierten einen Blick
In winterlich klamme Betten die Häuschen
Kleine Pakete an den Hängen des Douro
Raschelten sachte vor Kälte
Denn aus dem Rauchfang
Steigen hier höchstens
Melancholische Lieder stolz auf.

O Porto! Oporto! Teresa brachte mich
Bis in den Beichtstuhl Vergebung
Sämtlicher Sünde ward mir zuteil
Sah meine Geliebten auf Karavellen
Über den Ozean gehn während ich
Einen alten Bacalhau seufzend ver-
Speiste und der Baum vor der Tür

Dem Baum vor der Tür glich. Wir fuhren
Die Avenida am Atlantik entlang
Der Electrico mahlte sich schleifend und
Kreischend wild um die Kurven
Nebel zog auf vor noch die Wäsche
Forever in den Häusern verschwand.
Wohin denn jetzt? Wenn die
Leuchtfeuer ausgelöscht sind?
Die Eroberer ziehen Zitronengesichter.

Ich meinerseits schreibe hier im Majestic
Marathon-Verse in Prosa: Ricardo Reis
Wurde 1887 in Oporto geboren jetzt
Lebt er als Monarchist in Brasilien.
Schreibt Oden: wie schnell nutzt sich die
Zeit ab? Ich finde mich in jeder
Azurblauen Pfütze und später
Verlasse ich Porto noch später
Mein Dorf schließlich das
Sonnensystem ein gelber
Geduldeter portugiesischer Hund. So
Sind wir beschaffen gerne versinken wir
Im eigenen Staub der wir sind. Noch spür ich
Meine mutigen Füße weil die
Steine wie Messer wirken Camelienblumen
Und Steine ins Gedächtnis gesunken.

Wintergarten I

Ich liege unter dem Eis ausgestreckt
In einer Haut durchsichtigen Lichts.
Die Fische stoßen das Eis an, die Sonne
Stehet darüber, ich fühle
Zaunkönigs spitze Gesänge. Länger
Herrscht schwarze polternde windige Nacht.
Dröhnen und Brechen von Eis. Schwer
Lastet das Meer auf mir und dem Land.

Wintergarten II

Wir haben hier inzwischen
Alle zu trinken angefangen.
Die Bäume und Hirsche auf den
Tapeten haben Sehnsucht ins
Freie gelangen.

Fenster und Türen sind
Auf immer vernagelt und
Gänzlich verschlossen. Niemand
Kann sagen was für eine
Jahreszeit herrscht.

Und wie mein Herz jagt! Klopft es
Aus Angst oder Sehnsucht? Ich weiß
Nur daß ich auf etwas warte ent-
Weder auf dich oder den Tod.

Ach wie unglücklich wir
Alle sind und rauchen
Schweres betäubendes Zeug.

Was ich in Norwegen lernte

Alle Katzen haben
Ein dichtes Angorafell
Pferde ein
Zottiges Pferdefell noch die
Menschen
Sind mächtig behaart je weiter
Man nach Norden gerät desto
Aufregender wachsen die
Pelze. In Tromsø
Dinierte ich mit einem
Bären und konnte
Kleiderlos gehn.

Ungewisses Licht

Das Schiff und das Meer
Sind mörderisch groß sieben
Stockwerke rauf sieben
Runter und große und kleine
Zimmer in denen
Verschiedenartige
Gläser herumstehn.

Die ertrinkende Sonne
Wird an die Decke
Geworfen die abgeschiedenen
Wesen im Tanzsalon
Sind entzückt wenn das
Muschelhorn ihre
Herzspitzen rötet.

Der Fjord teilt sich in
Nebenfjorde da tauchen
Die ersten Zacken der
Spitzen Tannen auf vor den
Unersättlichen Toten
Unterwegs zu den
Berühmten Lofoten.

Stimmen

Nun stehe ich auf und gehe ich gehe
Bis Gardskagi hin um Mitternacht
Ist es dort hell und ich höre
Das Meer an die Küste schlagen.
Wer seid ihr brüchige Stimmen was geht ihr
Als Hirsche verkleidet umher wer oder was
Seid ihr ihr kennt keinen Tod.

Nördlicher Juni

Die Nächte haben ihre
Eigenschaften verloren:
Weiße Stufen die
Horizonte mit
Rostroten Tüchern.

Wer hier hinaufspringt
Kann glücklich werden.
Dreimal rufe ich dich aber
Du bist nicht
Auf Erden.

Erdenliebe

Selbst der Bucklige bei einem Anfall
Ist schön in einer Gegend wie dieser
Solch grüner Luft die zärtlich zur
Erde sinkt große Vögel stehen in Bäumen
Höher als Wolken wenn Fuhrleute die Nacht
Bis in den Morgen Miststreuer lenken
Ihre starken zweischläfrigen Phantasien
In meine Träume sickern schwache Erinnerung
An fünfzehn vergessene Männer und lediglich
Die entsprechenden Landschaften sind im
Gedächtnis eigentlich liegt hier
Jeder schlaflos herum wie es in
Dermaßen erleuchteten Nächten nicht ver-
Wunderlich ist wunderlich ist nur mein
Leben und hätte es nicht die Mistwagen-
Lenker gegeben die sich nun
Stoppelbärtig und mit eingeschlagenen
Ärmeln entgegenkommen den einzigen Weg
Zwischen den Mooren versperren es wäre
Möglich gewesen dem eigenen Tödchen itzt zu
Begegnen das sich auswachsen wird in diesem
Ergiebigen Landstrich wo es normalerweise
Wesen gibt deren kalte Pupillen
Eine Forke in Notwehr erhoben zum
Sinken bringen wien Stück weiter
Der Meerwind die Segelyachten der Städter.

Engel

Bevor ich meine
Eigenen Unwahrheiten
In Stein haue oder
In die gefrorene
Erde säe:

Dein Haus steht am
Weltrand ich gehe
Durch seinen leeren Garten.
Das Fenster brennt rot
Ich bin totenblaß wie
Gefallener Schnee.

Leicht

Gab nichts das mich
Aufhalten konnte kein Festland
Hat mich lange beschäftigt. Immer
Sprang ich auf das letzte
Fahrende Schiff im September.

Kalt

Aus teerschwarzem Meer steigt der
Mond auf. Solltest nun
Unter ein Dach gelangen verehrtes
Herz. Sonst greint die Sehnsucht
Ihren verlorenen Traum von der
Schönheit der Welt die so
Verkommen darnieder
Liegt. Blatt geht weil Frost
Andere Zeit macht.

Crusoe

Es gibt ihn den
Charme hier der
Einsamkeit etwas
Wovon niemand mehr
Weiß der die Schreiberin
Aufs höchste ermutigt wenn die
Abnehmende Welt immer
Schneller versinkt deren
Verdienst es ist das
Grün zu verspotten.

Mein grün Gefängnis es schenkt
Außerordentlich Freude die
Füchsin fürchtet mich nicht
Vögel lachen wenn ich Crusoe
Meine eigenen Felder bestelle.
Oder die Eichen
Mit ihren Früchten mich wecken.

Amoenitas vernalis

Goldene Blumen wahrhaftig sie
Sprießen aus dem Schlamm
Wo er ging der hierher
Gekommen ist ohne Zweifel.

Der Falke wirft seine gesträubte
Feder ihm vor den Schuh
Fregattvögel besetzen den Zaun
Ordnen ernst das Gefieder.

Ja es ist wahr. Ja. Jeden
Abend landen blessierte
Engel verschiedener Himmel
Hier auf dem First und üben
Riskanteste Loopings mit uns.

Ach Nacht

Aus der Dunkelheit starrt
Ein Gesicht durch die
Scheiben. Bettelt
Eingelassen zu
Werden. Es steht auch an
Anderen Fenstern. Selbst denen
Im ersten Stock. Einen
Zweiten gibts Gott
Sei Dank! nicht.

Bestürzungen

Man bemerkt spät daß der
Winter hereinbrach.
Irgendeine
Mondnacht hinterläßt
Weiße bereifte Pflanzen.
Und falls du dich nun
Nach Kummer sehnst hast du
Die ganze Welt Söhnchen.

Entfernung

Es war phantastisch
In seinem Mantel zu leben.
Als die Eidechsen
Freche Gedanken
Über die Füße stoben.

Und eigentlich bin ich
Ganz uferlos schaukle
Schaukle

"Die baltische See" ©3

Sarah Kirschs Ausflüge in die Aquarellmalerei

»Meine Akwareller« – wie Sarah Kirsch ihre farbigen Blätter selbstironisch nennt – erheben nicht den Anspruch, »Kunstwerke« zu sein, die den Gedichten gleichrangig zur Seite stehen. Vielmehr sind sie aus der spielerischen Erprobung eines Aquarellkastens, den die Dichterin geschenkt bekam, hervorgegangen. Seitdem malt sie zur Entspannung Aquarelle, als Ausgleichsbeschäftigung »mit den Händen« im Gegensatz zur konzentrierten Geistesarbeit an den lyrischen Texten. Und eben weil diese Blätter so spontan und anspruchslos entstanden sind, wirken sie so unbeschwert und befreit von jeglichem Erwartungsdruck ästhetischer Höchstform. Dies bedeutet aber keineswegs, daß sie dilettantisch seien – im Gegenteil: die experimentelle Entstehungsweise und der kreative Quellgrund, dem auch ihre Lyrik entspringt, sichert ihnen von vornherein ein hohes Maß an Eigenart und jenes Oszillieren zwischen Tag und Traum, das auch ihre Dichtung auszeichnet. Nur daß die Aquarelle sich erlauben dürfen, von Thema und Gedanken losgelöst zu sein, rein nur dem reizvollen Spiel mit Farben und Formen zugetan.

Schon immer hat Sarah Kirsch für ihre Freunde kleine Bücher auf handgeschöpftem Bütten selbst geschrieben und illustriert. Der Umgang mit Kunst und Künstlern (wie etwa mit A. R. Penck) ist ihr von früh an vertraut, aber erst die Freundschaft und die Gespräche mit dem Schweizer Spraykünstler und sensiblen Zeichner Harald Naegeli Ende der achtziger Jahre haben sie ermuntert, sich im kecken Wettstreit mit ihm auf das Terrain der Bildkunst vorzuwagen. Während Naegeli der unbekümmerte Zugriff der Schriftstellerin auf die Farbe dazu animierte, sich gleichfalls dem Aquarell zuzuwenden, hat Sarah Kirsch durch den ganz auf die Linie konzentrierten Zeichner die Kunst der knappen Andeutung und choreographischen Notation schätzen gelernt.

Und wie der Schweizer hegt auch sie eine tiefe, geradezu animistische Beziehung zur Natur, zu allem Wachstümlichen, zu landschaftlichen Stimmungen ebenso wie zu einem Vogelschwarm, die sie auch in ihren Texten – Gedichten wie »Krähenbaum«, »Landwege«, »Heide«, »Querfeldein«, »Moorland« – primär als Augenerlebnis evoziert.

»Geboren, aufgewachsen und erzogen in einem Milieu und einer Kultur, die einzig auf das Verbale ausgerichtet war, male ich, um mich zu verwandeln.« Dieses Bekenntnis eines genuinen Maler-Dichters wie Henri Michaux dürfte auf viele seiner Kollegen zutreffen, die sich ganz oder zeitweise auf das Gebiet der Schwesterkunst begeben. Doppelbegabungen begegnen am häufigsten in der Kombination von Dichtung und Zeichnung oder Malerei. Von Goethe über E. T. A. Hoffmann und Victor Hugo zu Stifter, von Baudelaire über Strindberg zu Morgenstern, von Arp und Schwitters zu Grass, Dürrenmatt oder Hildesheimer reicht die Spannweite der Schriftsteller, die sich bildkünstlerisch betätigt haben. Vielfach offenbaren diese nebenher entstandenen Zeichnungen, Bilder und Collagen, da weniger durch den Gestaltungsprozeß objektiviert, mehr von der Persönlichkeit der Dichter als ihre Schriften. Daß gerade auch Lyrikerinnen darin Erstaunliches hervorgebracht haben, erweisen Annette von Droste-Hülshoff (namentlich mit ihren Klebearbeiten), Bettina von Arnim, George Sand und besonders Else Lasker-Schüler, die auf die Frage, wie sie »zum Zeichnen kam«, die poetische Erklärung gab: »Meinen Buchstaben ging die Blüte auf – über Nacht, oder besser gesagt: über die Nacht der Hand.«

Das gilt gerade auch für Sarah Kirsch und ihre Ausflüge ins Reich der Bilder. Die Freude am Umgang mit Pinsel und Wasserfarben fließt in die Wirkung ihrer Blätter unmittelbar ein: mit ihrem rhythmischen Wechselspiel von farbigen Verdichtungen und raumhaltigen Flächen, von transparenten Lasuren, Schichten und Bündelungen lassen sie eine luftige Sphäre entstehen, in der blütenhafte Gebilde auf- und abzuschweben oder emporzutauchen scheinen. Eine filigranhafte Leichtigkeit und Heiterkeit eignet diesen Blättern, die zuweilen mit durchsichtigem Japanpapier überklebt sind, um zusätzliche Tiefenwirkungen zu erzielen.

Das Erstaunliche dabei ist, daß Sarah Kirsch im Unterschied zu den meisten malenden Dichtern nicht das Motiv sucht, sondern sich ganz dem Medium der Wasserfarben und seinen spezifischen Ausdrucksmöglichkeiten anvertraut. Die schwerelose Zartheit ihrer Blätter resultiert aus der hingebenden Einfühlung in die Eigendynamik der Aquarellfarbe. So ergeben sich aus Fleckbildungen, Verlaufspuren oder Farbspritzern wie von selbst motivische Anklänge, meist an Blüten oder Blätter, ohne aber jemals zu einer präzisen Gestaltform vorzustoßen. Gerade ihre schemenhafte Unschärfe steigert die assoziative Vieldeutigkeit und anregende Wirkung auf die Imagination des Betrachters. Und wie Sarah Kirschs Gedichte von einer empfindsamen Liebe zu allem Kreatürlichen beseelt sind, basierend auf dem genauen Kennerblick der studierten Biologin, so künden auch ihre Aquarelle von einer elementaren Nähe zu den atmosphärischen Erscheinungen der Natur oder zur Morphologie von Fauna und Flora, die nun aber – im Gegensatz zu ihrer Lyrik – nur andeutungshaft heraufbeschworen, nie konkret benannt werden.

Das Evokatorische überhaupt, das Frei-Schwebende und Vielschichtige ihrer feenhaften Farbgewebe bildet den lichten Kontrapunkt zu ihrer Dichtung, die oft auch dunkle Töne anschlägt. Ein Leitmotiv ihrer Lyrik ist aber das Fliegen und Entschweben, das sich als Grundempfindung ebenso beim Anblick ihrer Aquarelle einstellt. Wenn sie »über Chausseen hochfliegenden Schwalben« nachblickt, »Veilchenwolken« hinzaubert oder Drachen steigen läßt – immer ist es die Sehnsucht nach Loslösung von der Erdenschwere, nach Entfliehen und Eintauchen in eine kosmische Unendlichkeit, die sich auch in Versen ausdrückt wie »Und eigentlich bin ich / Ganz uferlos schaukle / Schaukle«. Ihre farbigen Blätter vermitteln den Zauber dieses Schwebezustands einer räumlichen und meta-physischen Entgrenzung.

Schwimmen, Tauchen, Gleiten und Schweben sind das vorherrschende Bewegungsgefühl, das sich in den farbigen Evokationen von Sarah Kirsch mitteilt. Diese nostalgische Levitation durchzieht ihre Verse wie »Der Teller des Monds auf dem Wasser / Die fliegenden Tiere der Erde / Schwere steigende Leiber die sanften / Hälse vertraulich dem Wind / dargeboten..« Oder »Wir schwammen vertraulich im Häusermeer, tauchten / Durch Tunnel in Höfe, kein Platz für ein Sternbild.«

Im Laufe der Jahre hat sich Sarah Kirsch eine erstaunliche Versiertheit in der Handhabung von Pinsel und Aquarellfarben angeeignet, die eben jene asiatisch anmutende Leichtigkeit ihrer Miniaturen erst ermöglicht. Die Verwandtschaft mit dem Asiatischen rührt auch daher, daß für die Mönche des Zen-Buddhismus und die Meister der japanischen Tuschmalerei das Dichten, Schreiben und Malen ein einziger Akt war. Aus der meditativen Versenkung hervorgegangen, gelangt er zu jener konzentrierten Einfachheit, die der Lehre »Alles in Einem, Eines in Allem« entspricht. Sarah Kirsch kommt durch ihre intensive Naturempfindung ebenso wie durch ihre Ökonomie der Mittel dem Geist des Zen in ihren Blättern nahe, obwohl sie gar nicht danach trachtete.

Bei anderen Aquarellen, wo sie nachträglich mit Bleistift oder Kohle einzelne Formen aus dem fließenden Farbgewölk herausliest und als Motivkürzel akzentuiert, ergeben sich Anklänge an Ida Kerkovius, mit der Sarah Kirsch die Mischung aus kindlicher Traumverlorenheit und intuitiver Weisheit gemein hat. Und dann ist da noch »mein schönes Gold«, das Sarah Kirsch in Spritzern von Gold- oder Silberbronze wie Perlenschnüre über ihre Aquarelle träufelt und das ihnen einen Hauch von märchenhafter Kostbarkeit verleiht.

Zur Bereicherung und Differenzierung ihrer Blätter setzt sie auch oft Collage-Elemente aus feinem Japanpapier ein, die sie – wie in »Azuro« oder »Aurora Borealis« von 1992 – als geometrische Flächen schräg gegeneinandersetzt und partienweise übereinanderschichtet. So entstehen helle, schimmernde Flächen mit dynamischen Strukturen, die an den Rändern den Blick in tiefere Farbräume freigeben.

Mit ihrem angeborenen und durch die Praxis geschärften Farbempfinden gelingt es Sarah Kirsch, den Klang der Farben freizusetzen, in ähnlicher Weise, wie sie den Worten ihren Klang ablauscht.

Bei aller Affinität von Wort- und Farbklang ist aber nicht zu übersehen, daß die malerischen Exkurse der Dichterin ein wundersames Eigenleben und durchaus bildgesetzliches Gepräge annehmen. Und doch wirken sie – zumal in Verbindung mit ihren Texten – wie eine leise Ouvertüre, die den Betrachter auf den besonderen ›Sound‹ von Sarah Kirschs Gedichten einstimmt.

Karin v. Maur

Verzeichnis der abgebildeten Aquarelle

Die Bucht, 1992
Aquarell und Goldbronze auf Bütten
17,8 × 20 cm
Privatsammlung

Azuro, 1992
Aquarell und Goldbronze,
Collageteile mit Japanpapier,
auf Büttenkarton
8,6 × 13 cm
Im Besitz der Künstlerin

Aurora borealis, 1992
Kohle, Aquarell und Silberbronze,
Collageteile mit Japanpapier,
auf Büttenkarton
11,7 × 9,5 cm
Im Besitz der Künstlerin

Jubilate, 1991
Aquarell und Kohle auf
Büttenkarton
10,3 × 12,3 cm
Im Besitz der Künstlerin

Ohne Titel, 1993
Aquarell und Goldbronze auf
Büttenkarton
6,8 × 4,8 cm
Im Besitz der Künstlerin

Die keltische See, 1993
Aquarell und Goldbronze auf
Maschinenbütten
15,7 × 18,2 cm
Im Besitz der Künstlerin

Inhalt

Die Gedichte auf den Seiten 80–85 sind bislang unveröffentlicht, die übrigen Gedichte wurden den im Verlag Langewiesche-Brandt und in der Deutschen Verlags-Anstalt erschienenen Bänden entnommen, und zwar: Seite 19–26 aus »Landaufenthalt« (1969), Seite 27–35 aus »Zaubersprüche« (1974); Seite 36–42 aus »Rückenwind« (1977); Seite 43–46 aus »Drachensteigen« (1979); Seite 47–50 aus »Erdreich« (1982); Seite 51–58 aus »Katzenleben« (1984); Seite 59–66 aus »Schneewärme« (1989); Seite 68–79 aus »Erlkönigs Tochter« (1992).

Die Deutsche Bibliothek – CIP-Einheitsaufnahme

Kirsch, Sarah:
Ich Crusoe : sechzig Gedichte ; [zum 60. Geburtstag der Autorin am 16. April 1995] / Sarah Kirsch.
Mit sechs Aquarellen der Autorin.
Mit einem Vorw. von Joachim Kaiser und einem Nachw. von Karin von Maur. –
Stuttgart : Deutsche Verlags-Anstalt ;
Ebenhausen bei München : Langewiesche-Brandt, 1995
ISBN 3-421-06705-8

© für die Gedichte auf Seite 19–47
Langewiesche-Brandt, Ebenhausen bei München;
© für die Bilder: Sarah Kirsch;
© für die Gedichte auf Seite 48–85
sowie für das Vor- und Nachwort
1995 Deutsche Verlags-Anstalt GmbH, Stuttgart
Alle Rechte vorbehalten
Typographie: Brigitte und Hans Peter Willberg
Umschlag unter Verwendung
eines Aquarells von Sarah Kirsch
Gesetzt aus der Walbaum-Antiqua
Gedruckt auf 110 g holzfrei bläulichweiß
geglättet Werkdruck, TCF.
Satz und Druck: Offizin Chr. Scheufele, Stuttgart
Bindearbeit: Kunst- und Verlagsbuchbinderei, Leipzig
Printed in Germany

ISBN für die Normalausgabe 3-421-06705-8
ISBN für die Vorzugsausgabe 3-421-05005-8